Persönlicher Stil

original story:
Jennifer Degenhardt

translation:
Julie Young

editing:
Brigitte Kahn

cover artist: Treasa Connell

interior artist: Denise Miranda

All rights reserved. No part of this publication may be reproduced, stored in a retrieval system, or transmitted in any form or by any means - electronic, mechanical, photocopying, recording or otherwise – without prior written permission of the authors, except for brief passages quoted by a reviewer in a newspaper, magazine or blog. To perform any of the above is an infringement of copyright law.

Copyright © 2024 Jennifer Degenhardt (Puentes)
All rights reserved.
ISBN: 978-1-956594-53-9

For Jayde. Thank you for being you – so much so that you inspired this story.

Inhaltsverzeichnis

Danke	i
Kapitel 1 - Ein schrecklicher Tag	1
Kapitel 2 - Die Jacke	8
Kapitel 3 - Die Kommentare	15
Kapitel 4 - Das Bild im Spiegel	20
Kapitel 5 - Ein Video	26
Kapitel 6 - Das Kleid	31
Kapitel 7 - Der Vorfall	37
Kapitel 8 - Eine Lösung	43
Kapitel 9 - Selbstbewusstsein	48
Kapitel 10 - Berühmtheit?	53
Glossar	57
About the Author	67
About the Translator	71
About the Editor	72
About the Cover Artist	73
About the Interior Artist	74

DANKE

Almost all of my stories are written in Spanish first and then translated to and adapted for other languages. Julie Young helped me with both. Julie works very closely with Brigitte Kahn for editing of the work. This dynamic duo works together with such regularity that they probably can finish each other's sentences. (Pun intended.) For someone who wants to have more books in German, but who doesn't read a word, I am truly grateful for their help and expertise. Furthermore, they are both wonderful language teachers in their own right, so they completely understand the mission and purpose of books like these. *Danke*, Julie and Brigitte!

The cover art was commissioned and created by Treasa (Tessie) Connell. Treasa is the daughter of a colleague and was a dream to work with on this (and another) project. Some student artists require a lot of guidance. Not Tessie. As a polyglot herself, I just supplied her with the copy of the story (in German!) and she did her artist thing. Thank you, Tessie, for making the interaction so pleasant!

Thank you, too, to Denise Miranda, who created the images for each chapter. Denise was given the original story in Spanish and created all of the beautiful images as she was reading it. Denise is another student artist that I love working with, not only for her beautiful artwork, but for diligence and ability to work independently. Thank you, Denise!

Kapitel 1
Ein schrecklicher Tag

Es ist Mai.

Ich bin in einer neuen Schule.

Heute ist mein erster Tag.

Es ist keine gute Zeit, neu an einer Schule zu sein.

Die andere Schule hatte eine Schuluniform. Diese Schule hat keine.

Aber alle Schüler haben mehr oder weniger eine Uniform: die gleichen Hemden, die gleichen Hosen und natürlich die gleichen Sportschuhe. Und alle Schüler haben Klamotten von Under Armour und Nike.

Die Schule hat keine offizielle Schuluniform, aber es gibt eine 'inoffizielle' Uniform.

Und ich habe keine "inoffizielle" Uniform. Ich habe keine Hemden von Hollister. Ich habe keine Hosen von Aéropostale. Und nein, ich habe keine Sportschuhe von Nike.

Es ist klar, dass ich anders bin. Das mag ich nicht, aber es ist so, wie es ist.

Ich sitze im Klassenzimmer. Ich höre den Schülern zu. Sie reden über mich.

„Schau dir das Hemd an. Das ist kein Hemd von Hollister."

„Schau dir die Hose an. Das ist keine Hose von Aéropostale."

„Schau dir diese Sportschuhe an. Das sind keine Sportschuhe von Nike."

Ich will nicht in Newport sein. Ich will nicht neu an einer neuen Schule sein. Ich will unsichtbar[1] sein.

Nach der Schule stehe ich vor dem Haus von meiner Oma. Ich bin traurig. Ich mag meine neue Schule nicht. Ich mag die Schüler nicht. Ich mag die inoffizielle Schuluniform nicht.

Ich habe meinen Schlüssel vergessen. Ich kann nicht ins Haus gehen. Ich will

---

[1] unsichtbar: invisible.

weinen.

Ich bin traurig. Ich will unsichtbar sein. Was für ein schrecklicher Tag.

Ich schreibe eine SMS an meine Oma:

Oma, ich habe meinen Schlüssel vergessen. Ich kann nicht ins Haus gehen.

Ich beginne, ein bisschen zu weinen.

In diesem Moment sehe ich zwei Personen. Sie stehen vor dem Haus. Eine Person sagt zu mir:

„Hi, ich bin Sydney. Mein Pronomen ist "sie". Du bist Jayde, oder?"

Ich weiß nicht, was ich tun soll. Die Person kennt mich, aber ich kenne sie nicht.

Sie redet weiter mit mir.

"Ich heiße Sydney. Das ist mein Freund Marley."

„Hallo. Ich bin Marley. Mein Pronomen ist "er".

Der Mann ist groß. Er ist jung und hat lange, braune Haare. Er hat braune Augen und ein Tattoo auf seinem Fuß. Es ist ein Symbol für Frieden[2]. ☮

Sydney ist nicht groß. Sie ist jung und hat blonde Haare und blaue Augen. Ich sehe keine Tattoos.

„Hi, ich bin Jayde. Mein Pronomen ist "xier", sage ich mit einem Lächeln.

„Es freut mich, Jayde."

„Du weißt, wer ich bin?", frage ich.

„Deine Oma ist eine Freundin von mir. Sie erzählt viel von dir."

„Meine Oma ist deine Freundin? Meine Oma ist alt!"

„Deine Oma ist NICHT alt. Sie ist jung. Sie ist die Freundin von allen hier. Alle lieben sie."

Ich denke: *Meine Oma? Die Freundin von allen? Alle lieben sie? Ist das möglich? Sie*

---

[2] Frieden: peace.

ist sehr nett, aber ... sie ist alt!

„Jayde, warum bist du nicht zu Hause?", fragt Sydney.

„Ich kann nicht ins Haus gehen. Ich habe meinen Schlüssel vergessen."

„Willst du mit uns in den Laden gehen? Ich kann deine Oma anrufen."

Sydney ruft meine Oma an.

„Sie hat die Telefonnummer von meiner Oma?", frage ich mich.

Marley sagt: „Gute Idee, Sydney. Jayde, magst du Klamotten?"

„Ja, ich mag Klamotten, aber ich mag meine Klamotten nicht!"

Sydney sagt: „OKAY. Deine Oma hat gesagt, dass du mit uns in den Laden gehen kannst."

„In den Laden? In welchen Laden?"

„Unser Laden heißt Folk Vintage. Das ist ein Laden mit Retro-Klamotten."

„Retro-Klamotten?"

„Ja, tolle Klamotten. Lass uns gehen", sagt Marley.

Kapitel 2
Die Jacke

Wir gehen zum Laden Folk Vintage. Das ist ein Laden für Retro-Klamotten in der Thames Street in Newport.

Retro-Klamotten sind Klamotten, die älter als 20 Jahre sind. Es sind Klamotten aus speziellen Zeiten, wie den 70er und 80er Jahren.

„So. Wir sind da", sagt Sydney. „Das ist unser Laden."

Ich gehe in den Laden. Es ist ein kleiner Laden. Es ist kein großer Laden wie DICK'S SPORTING GOODS. Aber es gibt viele Klamotten:

- Hemden
- Pullover
- Hosen
- Kleider
- Röcke
- Westen
- Jacken
- Schuhe
- Stiefel
- Hüte
- Mützen

- T-Shirts

Sie sind keine typischen Klamotten.

Es gibt originelle Klamotten. Es gibt wunderschöne Klamotten. Es gibt dramatische Klamotten. Es gibt Klamotten mit viel Stil. Sie sind wunderbar.

„Wow, Sydney! Ich mag den Laden. Und ich mag die Klamotten sehr", sage ich.

„Danke, Jayde. Magst du Retro-Klamotten?"

„Ja! Diese Klamotten sind dramatisch... und wunderschön. Sie sind interessant und originell."

Marley geht ins Hinterzimmer und nimmt einen Karton.

„Hier sind die neuen Klamotten, Syd."

„Danke, Marley. Wir sortieren die Klamotten jetzt. Willst du uns helfen, Jayde?"

Ich antworte nicht. Die Klamotten gefallen

mir. Ich schaue mir den Laden an. Ich sehe eine tolle Jacke. Es ist eine weiße Jacke mit schwarzen Knöpfen. Es ist eine wunderschöne Jacke und sehr originell.

Ich denke nicht an meine Probleme in der Schule. Ich denke an die Jacke. Ich mag sie sehr.

„Gefällt dir die Jacke, Jayde?", fragt Sydney.

Sydney nimmt die weiße Jacke mit den schwarzen Knöpfen. Sie zeigt mir die Jacke.

Ich nehme die Jacke und ziehe sie an. Sie sieht toll aus.

„Wow! Ich mag sie sehr. Mit der Jacke bin ich modisch."

„Mit der Jacke fühle ich mich gut. Ich fühle mich nicht traurig."

Ich schaue auf den Preis. Der Preis ist... Oh nein! So viel Geld habe ich nicht. Ich kann sie nicht kaufen.

„Die Jacke ist sehr schick. Eines Tages werde ich sie kaufen", sage ich zu Sydney. Marley sagt zu mir: „Jayde, willst du uns helfen? Wir sortieren die neuen Klamotten. Wir haben sie bei einem Schlussverkauf[3] gekauft."

„Ja, ich will euch helfen. Was soll ich tun?"

Zwei Stunden lang sortieren Marley, Sydney und ich die Klamotten vom Basar. Wir sortieren sie nach Sorte, Farbe und Größe. Wir reden über den Laden, über Retro- und modische Klamotten.

Mein Handy vibriert. Ich habe eine SMS von meiner Oma.

Hallo Jayde, ich bin zu Hause. Wir essen in fünfzehn Minuten.

„Meine Oma ist zu Hause. Wir essen in fünfzehn Minuten."

„In Ordnung. Danke, Jayde", sagt Marley.

Sydney nimmt die weiße Jacke mit den

---

[3] Schlussverkauf: clearance sale.

schwarzen Knöpfen und gibt sie mir.

„Sie ist für dich, Jayde."

„Aber ich habe kein Geld."

„Es ist ein Geschenk."

„Nein, das kann ich nicht annehmen."

„Es ist für deine Arbeit heute."

„Nein, das kann ich nicht annehmen."

Sydney schaut mich an. Sie gibt mir die Jacke und sagt:

„Jayde, es ist klar, dass dir die Jacke gefällt. Sie hilft dir, dich gut zu fühlen. Nimm die Jacke mit. Du kannst am Samstag ein paar Stunden im Laden arbeiten. Nimm die Jacke heute für deine Arbeit. Okay?"

„Oh! Danke, Sydney. Du bist fantastisch!"

Sydney und Marley sind glücklich. Ich auch.

Ich denke über die Jacke nach. Und ich

denke an die Klamotten, die ich morgen tragen werde.

Kapitel 3
Die Kommentare

Eine neue Woche beginnt, und ich bin in der Schule. In die Schule zu gehen, macht mir nicht viel Spaß, aber mit meiner neuen Jacke …

„Jayde, kommst du zum Frühstück?"

„Ja, Oma. Danke."

Heute werde ich meine neue weiße Jacke mit den schwarzen Knöpfen, eine schwarze Jeans und meine schwarzen Stiefel tragen. Ich werde auch einen schwarzen Hut tragen. Ich mag diese Klamotten sehr.

Ich komme in die Küche. Meine Oma sitzt am Frühstückstisch.

„Wow! Jayde, ich mag deine Jacke!"

„Die ist neu."

„Ist sie aus dem Laden von Sydney? Von Folk Vintage?"

„Ja, sie ist ein Geschenk von Sydney. Ich werde mit ihr im Laden arbeiten. Am Samstag. Ist das in Ordnung?"

„In Ordnung. Samstagmorgen oder Samstagnachmittag?"

„Samstagmorgen."

„Ah. Ich bin Samstagmorgen im Gemeindezentrum."

Meine Oma arbeitet im Gemeindezentrum von Newport. Sie arbeitet ehrenamtlich[4]. Sie liebt es, mit Leuten zu arbeiten.

„Oma, eines Tages will ich auch ehrenamtlich im Gemeindezentrum arbeiten, so wie du."

„Ich weiß, Jayde. Wenn du sechzehn (16) Jahre alt bist ...".

Hmm. Ich muss warten... Jetzt bin ich nur dreizehn (13) Jahre alt. Ich muss drei (3) Jahre warten.

„Jayde, es ist Zeit, zur Schule zu gehen. Ich gehe zum Gemeindezentrum. Willst du mit mir gehen?"

---

[4] ehrenamtlich: on a voluntary basis.

„Nein danke, Oma. Ich gehe in ein paar Minuten."

„In Ordnung. Wir sehen uns heute Nachmittag!"

„Tschüss, Oma."

„Tschüss, Jayde."

Ich gehe zur Schule. Newport ist eine kleine Stadt, und das Haus meiner Oma ist in der Nähe der Schule.

*****

Ich komme in der Schule an.

Ich sitze im Klassenzimmer. Ich höre eine Gruppe von Schülern. Sie reden über mich:

„Schau dir diese Jacke an. Das ist keine Under Armour-Jacke."

„Schau dir diese Jeans an. Das ist keine American Eagle-Jeans."

„Schau dir diese Stiefel an. Das sind keine Stiefel von Aéropostale."

Später höre ich einer anderen Gruppe von Schülern:

„Diese Jacke ist nicht von Under Armour. Aber es ist eine tolle Jacke."

„Diese Jeans ist nicht von American Eagle. Aber es ist eine tolle Jeans."

„Diese Stiefel sind nicht von Aéropostale. Aber sie sind wunderschön."

„Sie hat einen guten Stil!"

Ich sage nichts, aber ich lächle.

Kapitel 4
Das Bild im Spiegel

Es ist Samstag. Ich muss um 10 Uhr in den Folk Vintage Laden gehen. Ich gehe zu Fuß. Das Haus meiner Oma ist in der Bull Street, und der Laden ist ein bisschen weiter. In der Google Maps App steht, dass ich zwanzig (20) Minuten gehen muss.

Ich will nicht zu spät kommen. Ich gehe um 9:30 Uhr aus dem Haus.

Es ist Mai, aber ich sehe nicht viele Leute. Normalerweise gibt es im Mai, Juni, Juli, August und September viele Touristen in Newport.

Ich gehe in den Laden. Heute trage ich eine blaue Jeans und ein gelbes Hemd. Das sind keine eleganten Klamotten. Ich bin hier, um zu arbeiten.

„Hallo, Sydney."

„Hallo, Jayde. Danke, dass du heute zur Arbeit kommst."

„Es ist schön, hier zu sein. Ich mag den Laden sehr. Was machen wir heute?"

„Wir machen heute viele Sachen. Wir

haben viele Klamotten von einem Schlussverkauf und gebrauchte Klamotten, die gespendet wurden[5]."

„Oooh, ich will alles sehen!"

Sydney und ich gehen ins Hinterzimmer. Wir sehen viele neue Klamotten:

- Hemden
- Pullover
- Hosen
- Kleider
- Röcke
- Westen
- Jacken
- Schuhe
- Stiefel
- Hüte
- Mützen
- T-Shirts

Die Klamotten sind bunt und sehen alle sehr unterschiedlich aus. Wow!

„Schau dir die Klamotten an!", sage ich.

---

[5] gespendet wurden: were donated.

„Es ist unglaublich, oder? Was machen wir als Erstes, Jayde?"

„Wir müssen die Klamotten sortieren."

„Ja, es ist wichtig, ein System zu haben. Was denkst du, Jayde?"

„Ja, ich denke auch, dass wir ein System brauchen. Ich werde die Klamotten in diesem Karton sortieren. In Ordnung?"

„In Ordnung."

Eine Stunde lang sortieren Sydney und ich die Klamotten. Wir sortieren die Hosen, Hemden, Jacken, Pullover, Röcke und Kleider in Kartons. In dem Karton mit den Röcken und Kleidern sehe ich ein langes Kleid, das wunderschön ist. Ich nehme das Kleid und gehe zum Spiegel.

Ich denke: *Was für ein wunderbares Kleid! Ich will es in der Schule tragen.*

„Gefällt dir das Kleid, Jayde?"

„Sydney, das ist ein tolles Kleid. Ich mag es sehr."

„Probiere es an. Ich werde den Laden aufmachen[6]. Ich will dich in dem Kleid sehen".

Sydney geht aus dem Hinterzimmer.

Ich ziehe das Kleid an und sehe mich im Spiegel an. Ich fühle mich sehr gut.

In diesem Moment kommt Sydney zu mir. Sie schaut mich im Spiegel an.

„Jayde! Du siehst wunderschön aus! Du musst dieses Kleid tragen."

„Äh, ähm … ich weiß nicht, Sydney. Ich mag das Kleid sehr, aber …"

„Ist es eine Frage von Geld?"

„Ja. Ja … und nein …"

Ich denke an das Kleid. Es ist ein langes Kleid in einem modernen, bunten Stil. Ich fühle mich frei und selbstbewusster.

„Wenn es eine Frage von Geld ist, kaufe

---

[6] aufmachen: to open.

ich es für dich für deine Arbeit hier."

„Das musst du nicht, Sydney. Ich mag es, mit Klamotten zu arbeiten."

„Nein, das muss ich, Jayde. Du bist mir eine große Hilfe."

Ich schaue wieder in den Spiegel. Mir gefällt, was ich sehe.

„Kannst du mich mit Klamotten bezahlen? Retro-Klamotten?"

„Du magst diese Klamotten, oder?", sagt Sydney mit einem Lächeln. „Das ist eine gute Idee. Ich bezahle dich alle zwei Wochen. Alles klar?"

„Oh, ja! Danke, Sydney."

Eine Person kommt in den Laden. Sydney geht aus dem Hinterzimmer, um mit der Person zu reden.

„Sydney, kann ich ein paar Fotos von den Klamotten machen? Ich habe eine Idee…"

„Natürlich! Wir können später über deine Idee reden."

Kapitel 5
Ein Video

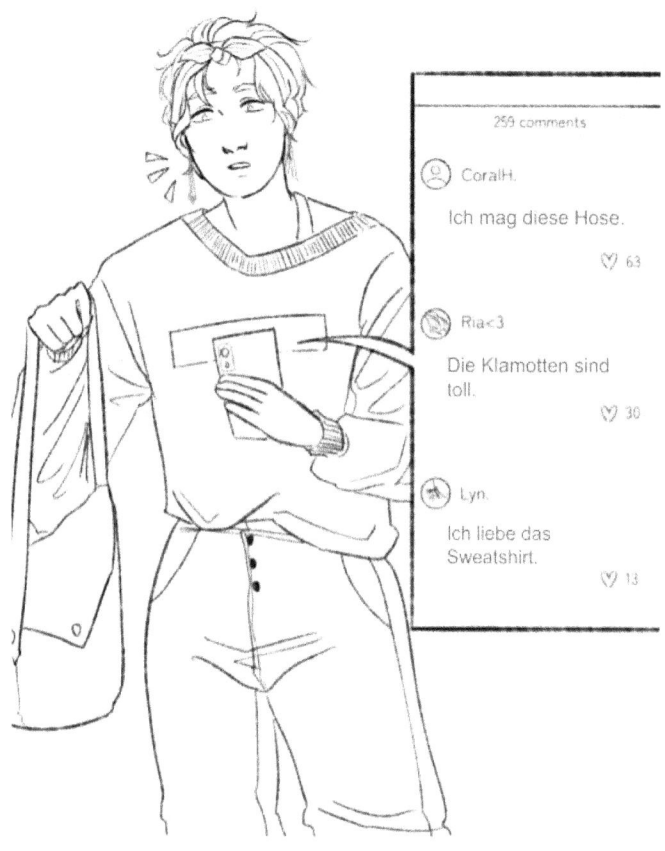

„Tschüss, Jayde! Ich muss heute ins Gemeindezentrum gehen. Dein Frühstück steht auf dem Tisch."

„Alles klar, Oma. Danke."

„Komm nicht zu spät zur Schule."

„OK. Tschüss."

„Einen schönen Tag noch!"

„Danke, du auch."

Meine Oma geht heute früh los. Sie ist nicht zu Hause. Ich habe ein bisschen Zeit, um etwas Cooles zu machen.

Ich nehme mein Handy und lade alle Fotos von den Klamotten in eine App. Ein paar Minuten später habe ich ein originelles und wunderschönes Video mit Musik und Effekten von den Klamotten aus dem Folk Vintage Laden.

Wow, was für ein Video! Die Klamotten sind wunderschön, denke ich.
Am Ende schreibe ich:

- Willst du schick aussehen?

- Dann kaufe deine Klamotten bei Folk Vintage!

Mit ein paar Hashtags poste ich das Video anonym in den sozialen Netzwerken.

Ah! Es ist 7.30 Uhr. Ich muss zur Schule gehen.

*****

Auf dem Weg zur Schule, sehe ich, dass ich viele *Likes* für meinen *Post* habe. Die Retro-Klamotten und das Video gefallen vielen Leuten.

Ich lächle, als ich in der Schule ankomme. Heute trage ich eine Hose mit rosa und gelben Blumen. Ich trage auch ein rosa Bandana und große goldene Ohrringe. Rosa und Gelb sind meine Lieblingsfarben.

Aber ein paar Schülerinnen und Schüler machen negative Kommentare:

„Schau dir diese Hose an. Pfui, was für Farben!"

„Schau dir das Sweatshirt an. Pfui, was für Farben!"

„Schau dir diese Klamotten an. Das sind Zirkus-Klamotten."

Aber es gibt auch positive Kommentare:

„Oh! Diese Hose ist wunderschön."

„Das Sweatshirt ist toll."

„Die Klamotten sind originell! Ich mag sie!"

Es ist morgens in der Schule und die Schüler reden miteinander[7].

„Hast du diesen *Post* auf TikTok gesehen?"

„Das ist sehr originell!"

„Was für ein Talent!"

„Wer hat es gepostet??"

Ich schaue auf die Handys der Schüler. Alle schauen MEINEN *Post* an. Ich bin

---

[7] miteinander: with each other.

kompetent. Ha!

Ich gehe zu meiner ersten Klasse. Ich bin kompetent, und das freut mich.

Kapitel 6
Das Kleid

Es ist Samstag, der Tag, an dem ich bei Folk Vintage arbeite. Ich bin im Hinterzimmer, und Sydney ist im Laden, als eine Person hereinkommt.

„Hi, Syd."

Es ist Marley.

„Hallo, Marley. Wie geht es dir?

„Nein, wie geht es DIR, Sydney? Ich habe viele Videos von dem Laden auf TikTok gesehen. Das ist unglaublich!"

„Marley, du hast keine Ahnung. Diese Videos sind unglaublich. Es kommen viel mehr Leute in den Laden als früher."

„Und du weißt nicht, wer die Videos macht?"

„Ich habe keine Ahnung. Ich will es wissen."

Sydney und Marley reden, und ich nehme das elegante Kleid. Ich probiere es an. Das Kleid ist lang und wunderschön. Es ist sehr bunt. Ich fühle mich gut. Ich habe viel mehr Selbstbewusstsein.

In diesem Moment kommt Marley ins Hinterzimmer.

Oh nein! Marley sieht mich in dem Kleid.

„Hallo, Jayde. Wie geht's dir?"

„Hi, Marley …"

„Jayde, du siehst sehr schick aus in dem Kleid."

„Hm…"

Marley sagt nichts weiter.

Und er sagt nichts Negatives.

„Jayde, komm und rede mit uns. Wir werden über Retro-Klamotten reden."

„OK. In einer Minute. Ich muss mich noch umziehen[8]."

„Jayde, du siehst sehr schick aus. Gefällt dir das Kleid?"

„Ja, es gefällt mir sehr gut."

---

[8] umziehen: to get changed.

„Würdest du das Kleid gerne tragen?"

„Ich würde gerne, aber ..."

„Jayde, du kannst das Kleid tragen. Es ist ein tolles Kleid. Es ist ein super Kleid für dich."

„Ja, aber ..."

„Was?"

„Ja, aber ... ich weiß nicht."

„Es ist okay. Wenn du das Kleid im Laden tragen willst, ist das fantastisch. Wenn nicht, kein Problem."

Marley geht aus dem Hinterzimmer. Er redet mit Sydney.

Ich denke: *Kann ich das Kleid auch außerhalb[9] des Ladens tragen? Ich weiß nicht...*

Das Kleid ist elegant und wunderschön. Und die Farben sind ...

---

[9] außerhalb: outside of.

In diesem Moment gehe ich in dem Kleid in den Laden. Die Kommentare von Marley und Sydney sind positiv:

„Jayde, du siehst wunderschön aus."

„Du siehst super schick aus in dem Kleid."

Ich lächle. Ich fühle mich sehr gut.

„Schau dir dein Lächeln an, Jayde."

„Danke. Ich fühle mich sehr gut."

„Jayde, warum trägst du das Kleid nicht den ganzen Tag im Laden?"

„Ist das möglich, Sydney? Ich würde das sehr gerne tun. Danke."

„In Ordnung. Du kannst uns auch mit Fotos von den Klamotten helfen. Ich bin nicht sehr gut im Fotografieren, aber wir müssen ...".

Marley fragt:

„Jayde, hast du die Videos auf TikTok gesehen? Die Videos aus dem Laden?"

Ich will nichts sagen. Das ist ein Geheimnis[10].

„Videos? ... Nein ..."

Ich will noch coolere Videos machen.

Ich sehe ein Poster im Laden, an dem die Gründe stehen, warum man Retro-Klamotten kaufen sollte:

- um unterschiedliche Klamotten zu haben
- um weniger Energie und Wasser zu verbrauchen
- um gute Klamotten zu guten Preisen zu kaufen
- um mehr Klamotten für weniger Geld zu kaufen
- und... es macht Spaß ☺.

Oh! Ich habe noch eine Idee für ein neues Video.

_____

[10] Geheimnis: secret.

Kapitel 7
Der Vorfall

„Wow, Jayde", sagt meine Oma zu mir. „Mir gefallen deine Klamotten heute. Die Hose ist superschön."

Heute trage ich eine sehr bunte Hose, ein schwarzes Hemd und meine schwarzen Stiefel. Ich mag meine Klamotten.

„Danke, Oma. Ich mag meine Klamotten auch".

„Du hast ein Auge für Mode, oder?"

„Ich weiß. Ha, ha! Danke. Ich mag Klamotten und Mode sehr."

„Ich werde nach meiner Arbeit im Gemeindezentrum zu Leo's Market gehen. Willst du etwas Spezielles essen?"

„Nein. Danke, Oma. Tschüss. Ich gehe zur Schule."

Ich gehe zur Schule und denke über meine Idee für ein neues Video für den Laden nach. Ich brauche die Hilfe meiner Freundin Riley. Am Nachmittag arbeiten wir an dem Video.

*****

Riley ist eine neue Freundin.

„Riley, kannst du das Video jetzt machen?"

„Ja, Jayde. Willst du nur die Klamotten in dem Video haben?"

„Ja. Kannst du das Video über die App aufnehmen[11]? In Ordnung?"

„Ja. Was wirst du in dem Video erklären?", fragt Riley.

„Ich werde die Gründe erklären, warum es eine gute Idee ist, Retro-Klamotten zu kaufen."

„Oh. Was sind die Gründe?"

„Die Gründe sind: unterschiedliche Klamotten zu haben, weniger Energie und Wasser zu verbrauchen, gute Klamotten billiger zu kaufen, mehr Klamotten für weniger Geld zu kaufen, und … es macht Spaß."

„Das sind alles sehr gute Gründe."

---

[11] aufnehmen: to record.

Riley macht das Video mit meinem Handy. Sie macht das Video, als eine Gruppe von Schülern ankommt.

„Wow, Jayde. Ich mag deinen *Look*."

„Die Hose ist wunderschön."

„Jayde, du bist super!"

Das macht mich glücklich.

Aber in diesem Moment kommt eine andere Gruppe von Schülern. Sie sind sehr negativ.

„Diese Klamotten sind nicht schön."

„Diese Hose ist schrecklich."

„Diese Klamotten sind nicht modisch."

Einer der Schüler zieht hart an meinem Hemd. Das Hemd **reißt**[12].

„Jayde! Alles in Ordnung?", fragt Riley.

Die Gruppe geht weg.

---

[12] reißt: tears.

Riley packt das Handy in ihre Tasche und hilft mir mit meinem Hemd.

„Körperlich[13]? Ja, mir geht es gut. Emotional? Nein …"

„Lass uns mit dem Berater reden."

„Das ist eine gute Idee. Riley, hast du das Video?"

Riley nimmt das Handy aus ihrer Tasche.

„Oh, nein! Ich habe das Video unabsichtlich[14] gepostet!"

Oh nein, das ist kein guter Tag.

Riley sagt zu mir: „Es ist kein Problem, Jayde. Du kannst das Video bearbeiten."

Riley und ich gehen zum Berater.

*****

Der Berater ruft meine Oma an. Sie kommt in die Schule und redet mit dem Berater. Sie redet auch mit Riley und mir.

---

[13] körperlich: physically.
[14] unabsichtlich: unintentionally.

Meine Oma ist nicht glücklich.

„Danke, dass Sie mich angerufen haben."

„Kein Problem, Frau Retter. Jayde kann jederzeit[15] in mein Büro kommen. Jayde?"

„Ja, danke."

„Und Jayde …"

„Ja?"

„Die Hose ist wunderschön. Du hast einen guten Stil", sagt der Berater mit einem Lächeln.

„Danke. Ich mag meine Klamotten auch."

Meine Oma und ich gehen aus der Schule.

„Willst du etwas essen, Jayde?", fragt meine Oma.

„Ja. Können wir etwas in Leo's Market kaufen?"

„Klar. Lass uns gehen."

---

[15] jederzeit: anytime.

Kapitel 8
Die Lösung

Es ist Samstag. Ich muss im Laden arbeiten. Ich liebe diese Arbeit, aber der Vorfall in der Schule macht mich traurig.

„Hallo, Sydney."

„Hallo, Jayde. Wie geht es dir?"

„Nicht so gut. Ich habe Probleme in der Schule."

„Ja? Akademische Probleme... oder...?"

„Soziale Probleme; Probleme mit anderen Leuten."

Sydney sagt nichts. Sie hört mir zu.

„Es gibt ein paar Schüler, die nicht nett zu mir sind. Sie mögen meine Klamotten nicht."

Sydney antwortet nicht. Sie hört mir zu.

„Ja, ich bin nicht wie alle anderen."

Sydney antwortet:

„Jayde, es ist schwer, ein Teenager zu sein. Das ist, wenn die jungen Leute beginnen herauszufinden, wer sie sind. Es ist auch schwer für dich. Du bist anders."

„Danke, Sydney. Es ist schwer, ein Teenager zu sein. Ja, ich bin nicht wie alle anderen. Aber ich mag es, **mich** durch meine Klamotten auszudrücken[16]."

„Ja, und du hast einen tollen Stil!"

„Ich mag Klamotten sehr. Und ich mag Retro-Klamotten sehr. Ich mag es, authentisch zu sein."

„Das ist klar, Jayde. Du bist selbstbewusster, wenn du die Klamotten trägst, die dir gefallen."

„Ich bin selbstbewusst?"

„Ja. Und wenn du Selbstbewusstsein hast, bist du authentisch."

„Danke, Sydney. Du bist eine gute Person. Was machen wir heute?"

Sydney sagt mir, was wir machen. In diesem Moment kommt Riley in den Laden.

---

[16] mich auszudrücken: to express myself.

„Jayde!"

„Hallo, Riley. Was machst du hier? Riley, das ist Sydney."

„Hallo, Riley."

„Schön, dich kennen zu lernen, Sydney. Jayde erzählt viel von dir. Sorry, aber…"

„Kein Problem, Riley. Es muss wichtig sein…"

„Ja, ja. Es ist wichtig. Jayde, hast du das Video bearbeitet?"

„Nein! Gibt es noch ein Problem?"

„Nein, es gibt eine Lösung!"

Riley erklärt, dass viele Leute die Videos ansehen und Kommentare schreiben.

„Oh nein! Negative Kommentare?"

„Nein, positive Kommentare! Die gemeinen Schüler sind in dem Video, und jetzt haben sie Probleme in der Schule. Ha, ha!"

Riley zeigt mir ihr Handy. Ich schaue mir

die positiven Kommentare an.

Sydney sagt:

„Wow, Jayde! Hast du die Videos gemacht?"

„Ja, das war ich. Ist das ein Problem…?"

„Nein, das ist kein Problem. Du hast ein gutes Auge für Videos. Und du hast viel Talent."

„Jayde ist fantastisch mit Videos", sagt Riley.

„Absolut", sagt Sydney. „Ich will dich bezahlen, weil du die Videos machst."

„Du musst mich nicht bezahlen. Es macht mir Spaß."

Jetzt ist Sydney sehr glücklich. Sie sagt:

„Ich habe eine Idee, Jayde. Kannst du uns helfen, Riley?"

„Klar."

Ein paar Stunden lang machen Riley und ich viele Videos. Das macht Spaß!

Kapitel 9
Selbstbewusstsein

Riley und ich arbeiten an vielen Videos. Ich mache jeden Tag viele *Posts* auf TikTok.

In den Videos schreibe ich:

- Wollt ihr originelle Klamotten?
- Wirst du Newport im Juli besuchen?
- Dann besuche uns auf dem Newport Folk Festival!

Folk Vintage wird auf dem Newport Folk Festival sein.

Sydney, Marley, Riley und ich arbeiten viel. Wir bereiten alles für das Festival vor.

Wir haben nur noch eine Woche Schule.

Aber heute ist ein ganz spezieller Tag.

Ich gehe in die Küche, bevor ich mich auf den Weg zur Schule mache.

„Jayde, oh!"

Ich schaue meine Oma an, sage aber nichts.

„Jayde, oh! Wow!", sagt meine Oma

wieder.

Ich denke: *Selbstbewusstsein. Ich werde mit Selbstbewusstsein in die Schule gehen.*

„Jayde, du siehst wunderschön aus. Das Kleid ist elegant und wunderschön. Und du ... du bist wunderschön."

„Danke, Oma. Ich liebe es sehr. Das Kleid ist wunderschön. Ich fühle mich sehr gut. Ich mag es sehr, **mich** durch meine Klamotten **auszudrücken**."

„Jetzt iss dein Frühstück vor der Schule."

Ich sitze am Tisch und esse. Ich schaue mir die sozialen Netzwerke an. Ich sehe viele tolle Kommentare zu meinen Videos:

- Diese Videos sind fantastisch!
- Ich mag Retro-Klamotten sehr.
- Jetzt kaufe ich meine Klamotten in Läden mit Retro-Klamotten.

Und mein Favorit:

- Die Person, die die Klamotten in den Videos präsentiert, ist wunderschön.

In diesem Moment habe ich eine SMS von Sydney:

Jayde, kannst du heute Nachmittag in den Laden kommen? Ein Mann aus dem Megapaca-Laden will mit dir reden. Er mag deine Videos. 😳

Ich antworte:

Was ist Megapaca?

Sydney schreibt:

Megapaca ist ein internationales Unternehmen[17] mit Sitz in Guatemala. Es ist ein großes Unternehmen für gebrauchte Klamotten.

Ich antworte:

😳 *Wow! Warum will er mit mir reden?*

Sydney antwortet:

---

[17] Unternehmen: company.

Der Mann sagt, dass er deine Videos mag.

Ich schreibe:

Unglaublich!

Mit dieser Information gehe ich selbstbewusst zur Schule, und ich trage ein wunderbares Kleid.

Kapitel 10
Berühmtheit?

Es ist das Wochenende des Newport Folk Festivals.

Das ist ein dreitägiges Musikfestival im Fort Adams Park.

„Jayde, die Hemden kommen auf diesen Tisch."

„Klar. Sydney, wie viele Leute werden dieses Wochenende zum Festival kommen?"

„Das ist eine gute Frage, Jayde. Ich weiß es nicht."

Marley sagt:

„Letztes Jahr sind jeden Tag 10.000 Leute gekommen."

„Das ist super! Wir werden viel Arbeit haben."

„Super!"

„Jayde, gibt es einen Sänger, den du dieses Wochenende sehen willst?"

„Ja! Jon Batiste. Er singt morgen

Nachmittag. Ich will ihn sehen, wenn es möglich ist."

„Magst du seine Musik?", fragt Marley.

„Ja, aber ich mag seine Klamotten mehr. Ha, ha!"

„Kennst du den Song 'Be Who You Are'?", fragt Sydney.

Ich habe keine Zeit zu antworten. Eine Gruppe von Teenagern kommt auf mich zu. Sie haben viel Energie.

„Das ist xier!"

„Xier ist die wunderschöne Person in den Retro-Klamotten!"

„Ich will ein *Selfie* mit dir!", sagt ein Teenager zu mir.

Ich weiß nicht, was ich tun soll. Was soll ich tun?

Sydney und Marley sehen mich mit einem Grinsen an.

„Jayde, du bist berühmt. Deine Fans

wollen mit dir reden."

Die Teenagergruppe ist sehr glücklich. Die Gruppe denkt, dass ich eine Berühmtheit bin.

Ich bin keine Berühmtheit.

Aber ich habe einen sehr persönlichen Stil.

GLOSSAR

A
aber – but
absolut – absolute
(keine) Ahnung – no idea
akademische – academic
alle – all, everyone
(von) allen – (of) everyone
alles – everything
als – as, than
alt – old
älter – older
am – on the
American Eagle – fashionable clothing brand
an – to, about, at
(ziehe) an – (put) on
andere(n) – other(s)
anders – different
angerufen – called
ankomme – arrive
ankommt – arrives
annehmen – to accept
anonym – anonymous
anrufen – to call
ansehen – to look at
antworte – answer
antworten – to answer
antwortet – answers
App – App
Arbeit – work
arbeite – work
arbeiten – to work
arbeitet – works
(Under) Armour – fashionable clothing brand
außerhalb – outside of
auch – also
auf – on, at
aufmachen – to open
aufnehmen – to record
Auge(n) – eye(s)
August – August
aus – from, out of
außerhalb – outside of
aussehen – to look like
auszudrücken – to express
authentisch – authentic
Aéropostale – fashionable clothing brand

B

Bandana – bandana
Basar – bazaar
bearbeiten – to edit
bearbeitet – edits
beginner – begin
beginnen – to begin
beginnt – begins
bei – at
Berater(s) – counselor(s)
(vor)bereiten – to prepare
berühmt – famous
Berühmtheit – fame
besuche – visit
besuchen – to visit
bevor – before
bezahle – pay
bezahlen – to pay
Bild – image
billiger – cheaper
bin – (I) am
bisschen – a little
bist – (you) are
blaue – blue
blondes – blond
Blumen – flowers
brauche – need
brauchen – to need
braune – brown
bunt(e)(en) – colorful

C

coolere – cooler
cooles – cool

D

danke – thank you
dann – then
das – the
dass – that
dein(e)(en) – your
dem – the
den – the
denke – think
denkt – thinks
der – the
des – of the
dich – you
die – the
diese(m)(n)(r)(s) – this, these
dir – to you
dramatisch(e) – dramatic
drei – three
dreitägiges – three day
dreizehn – thirteen
du – you
durch – through

E

Effekten – effects
ehrenamtlich – voluntary

ein(e)(em)(en)(er) - a
eines (Tages) - one (day)
elegant(e) - elegant
emotional - emotional
Ende - end
Energie - energy
er - he
erklären - to explain
erklärt - explains
ersten - first
erster - first
(als) Erstes - first of all
erzählt - tells
es - it
esse - eat
essen - to eat
etwas - something
euch - you (plural)

F
Fans - fans
fantastisch - fantastic
Farbe(n) - color(s)
Favorit - favorite
Festival(s) - festival(s)
Folk - folk
fotografieren - to photograph
Fotos - photos
Frühstück - breakfast
Frühstückstisch - breakfast table
Frage - question
frage - ask
fragt - asks
Frau - Mrs.
frei - free
Freund - friend
Freundin - female friend
freut (mich) - makes (me) happy
Frieden - peace
fühle(n) - feel
fünfzehn - fifteen
Fuß - foot

G
ganz(en) - entire, very
gebrauchte - used
gefällt (mir) - pleases me
gefallen (mir) - please me
gehe - go
Geheimnis - secret
gehen - to go
geht - goes
gekommen - came
gelb(en)(es) - yellow
Geld - money
gemacht - made, did

Gemeindezentrum – community center
gemeinen – mean
gepostet – posted
gerne – gladly
gesagt – said
Geschenk – gift
gesehen – seen
gespendet – donated
gibt – gives
(es) gibt – there is, there are
glücklich – happy
gleichen – same
goldene – golden
Gründe – reasons
grinsen – to grin
Größe – size
groß(er)(es) – big
Gruppe – group
Guatemala – country in Central America
gut(e)(en)(er)(es) – good

H
Haare – hair
habe – have
haben – to have
hallo – hello
Handy(s) – cell phone(s)
hart – hard
Hashtags – hashtags
hast – (you) have
hat – has
hatte – had
Haus – house
(zu) Hause – at home
heiße – am called
heißt – is called
helfen – to help
Hemd(en) – shirt(s)
herauszufinden – to find out
hereinkommt – comes in
heute – today
hi – hi
hier – here
Hilfe – help
hilft – helps
Hinterzimmer – back room
Hollister – fashionable clothing brand
höre (zu) – listen
hört (z) – listens
Hose(n) – pants
Hut – hat
Hüte – hats

I
ich – I
Idee – idea
ihn – him
ihr(e)(er) – her
im – in the
in – in

Information - information
inoffizielle - unofficial
ins - in the
interessant - interesting
internationals - international
iss - eat
ist - is

J
ja - yes
Jacke(n) - jacket(s)
Jahr(e)(en) - year(s)
Jeans - jeans
jeden - every
jederzeit - anytime
jetzt - now
Juli - July
jung(e) - young
Juni - June

K
kann - can
kannst - (you) can
Karton(s) - carton(s)
kaufe - buy
kaufen - to buy
kein(e) - no, not a
kenne - know
kennen - to know
kennst - (you) know
kennt - knows
Klamotten - youth slang for clothing
klar - clear
Klasse - class
Klassenzimmer - classroom
Kleid(er)(ern) - dress(es)
kleine(r) - small
Knöpfen - buttons
können - to be able to
komm - come
komme - come
kommen - to come
Kommentare - comments
kommst - (you) come
kommt - comes
kompetent - competent

L
Lächeln - smile
lächle - smile
lade - load
Laden(s) - store(s)
lang(e)(es) - long
Laptop - Laptop
lass - let's
(kennen)lernen - to get to know
letztes - last
Leute(n) - people

liebe - love
lieben - to love
Lieblingsfarben - favorite colors
liebt - loves
Lösung - solution

M

mache - make, do
machen - to make, to do
machst - (you) make, do
macht - makes, does
mag - like
magst - (you) like
Mai - May
man - one
Mann - man
Market - market
Megapaca - a Guatemalan-based company that sells used clothes
mehr - more
mein(e)(em)(en)(er) - my
mich - me
Minute(n) - minute(s)
mir - to me
mit - with
miteinander - with each other
Mode - fashion
modernen - modern
modisch(e) – fashionable
möglich - possible
Moment - moment
morgen - tomorrow
Morgen - morning
morgens - mornings
Musik - music
Musikfestival - music festival
muss - must
must - must
müssen - must
Mützen - caps, beanies

N

nach - after, according to
Nachmittag - afternoon
natürlich - of course
negativ(e)(es) - negative
nehme - take
nein - no
net - nice
Netzwerke(n) - network(s)
neu(e)(en)(es) - new
nicht - not
nichts - nothing
Nike - clothing brand

nimm - take
nimmt - takes
noch - still
normalerweise - normally
nur - only

O
oder - or
offiziell(e) - official
oh - oh
Ohrringe - earings
okay - okay
Oma - grandma
oooh - oooh
(in) Ordnung - all right
originell(e)(es) – original

P
paar - few
packt - packs
Park - park
persönlich(en) - personal
Person(en) - person(s)
pfui - phew
positiv(e)(en) - positive
Post(s) - post(s)
poste - I post
Poster - poster
präsentiert - presents

Preis(en) - prices
probiere (an) - try (on)
Problem(e) - problem(s)
Pronomen - pronouns
Pullover - sweater

R
rede - talk
reden - to talk
redet - talks
reißt - tears
retro - retro
Röcke(n) - skirts
rosa - pink
ruft - calls

S
Sachen - things
sage - say
sagen - to say
sagt - says
Samstag - Saturday
Samstagmorgen - Saturday morning
Samstagnachmittag – Saturday afternoon
Sänger - singer
schau - look
schaue - look
schauen - to look
schaut - looks

schick – chic, fashionable
schön(en) – pretty
Schlüssel – keys
Schlussverkauf – sale
schrecklich(er) – terrible
schreibe – write
schreiben – to write
schreibt – writes
Schuhe – shoes
Schule – school
Schüler – pupil(s)
Schülerinnen – female pupils
Schuluniform – school uniform
schwarze(n)(s) – black
schwer – hard
sechzehn – sixteen
sehe – see
sehen – to see
sehr – very
sein – to be
seine(m) – his
selbstbewusst – self confident
selbstbewusster – more self-confident
Selbstbewusstsein – self confidence
Selfie – selfie
September – September
sie – she, they
siehst – (you) see
sieht – sees
sind – are
singt – is singing
sitz – sit
sitze – sit
sitzt – sits
SMS – text (short message service)
so – so
soll – should
sollte – should
sorry – sorry
sorte – sort
sortieren – to sort
sozialen – social
später – later
Spaß – fun
speziell(en)(er)(es) – special
Spiegel – mirror
Sportschuhe – sneakers
Stadt – city
stehe – stand
stehen – to stand
steht – stands
Stiefel – boots
Stil – style
Stunde(n) – hour(s)
super – super
superschön – very beautiful

Sweatshirt - sweatshirt
Symbol - symbol
System - system

T

Tag(en) - day(s)
(eines) Tages - (one) day
Talent - talent
Tasche - bag
Tattoo(s) - tattoo(s)
Teenager(n) - teenagers
Teenagergruppe - group of teenagers
Telefonnummer - telephone number
TikTok - social media app
Tisch - table
toll(e)(en)(es) - great
Touristen - tourists
trage - wear
trägst - (you) wear
tragen - to wear
Traurig - sad
Tschüss - bye
tun - to do
typischen - typical

U

über - about
Uhr - o'clock
um - at
um (zu) - in order to
umziehen - to get changed
unabsichtlich - unintentionally
und - and
unglaublich - unbelievable
Uniform - uniform
uns - us
unser - our
unsichtbar - invisible
Unternehmen - company
unterschiedlich(e) - different

V

verbrauchen - to consume
vergessen - forgotten
vibriert - vibrates
Video(s) - video(s)
viel(e)(en) - lots of, many
vintage - vintage
vom - from the
von - of, from
vor - in front of

vor(bereiten) – to prepare
Vorfall – incident

W
war – was
warten – to wait
warum – why
was – what
Wasser – water
Weg – way
(geht) weg – goes away
weiß – know, knows
weinen – to cry
weiter(e) – further
welchen – which
weniger – less
wenn – when, if
wer – who
werde – will
warden – will
Westen – vests
wichtig – important
wie – as, like, how
wieder – again
will – want, wants
willst – (you) want
wir – we
wird – will
wirst – (you) will
Wissen – to know
Woche(n) – week(s)
Wochenende – weekend
wollen – to want
wollt – (you plural) want
wow – wow
wunderbar(es) – wonderful
wunderschöne(s) – very beautiful
wurden – were
würde – would
würdest – (you) would

X
xier – non-binary 3rd person pronoun

Z
zeigt – shows
Zeit(en) – time(s)
ziehe (an) – to put on
zieht – pulls
Zirkus – circus
zu – to
zum – to the
zur – to the
zwanzig – twenty
zwei – two

ABOUT THE AUTHOR

Jennifer Degenhardt taught high school Spanish for over 20 years and now teaches at the college level. At the time she realized her own high school students, many of whom had learning challenges, acquired language best through stories, so she began to write ones that she thought would appeal to them. She has been writing ever since.

Other titles by Jen Degenhardt:

Sancho en San Juan
La chica nueva | *La Nouvelle Fille* | The New Girl | *Das Neue Mädchen* | *La nuova ragazza*
La chica nueva ancillary/workbook
La invitación | *L'invitation* | The Invitation | *L'invito*
Salida 8 | *Sortie no. 8* | Exit 8
Raíces
Chuchotenango | *La terre des chiens errants* | *La vita dei cani* | Dogland
Pesas | *Poids et haltères* | Weights and Dumbbells | *Pesi*
Moda personal | *Style personnel* | *Persönlicher Stil*
LUIS, un soñador | *Le rêve de Luis* | Luis, the DREAMer
El jersey | The Jersey | *Le Maillot*

La mochila / [The Backpack]() | *Le sac à dos*
Moviendo montañas | *Déplacer les montagnes* | [Moving Mountains]() | *Spostando montagne*
La vida es complicada | *La vie est compliquée* | [Life is Complicated]()
La vida es complicada Practice & Questions (workbook)
El Mundial | *La Coupe du Monde* | [The World Cup]() | *Die Weltmeisterschaft in Katar 2022* | *La Coppa del Mondo*
Quince / [Fifteen]() | *Douze ans*
Quince Practice & Questions (workbook)
El viaje difícil | *Un voyage difficile* | [A Difficult Journey]()
La niñera / [The Nanny]()
¡¿Fútbol...americano?! | *Football...américain ?!* | [Soccer->Football??!!]()
Era una chica nueva
Levantando pesas: un cuento en el pasado
Se movieron las montañas
Fue un viaje difícil
¿Qué pasó con el jersey?
Cuando se perdió la mochila
Con (un poco de) ayuda de mis amigos / [With (a little) Help from My Friends]() | *Un petit coup de main amical* | *Con (un po') d'aiuto dai miei amici*
La última prueba | [The Last Test]()
Los tres amigos | [Three Friends]() | *Drei Freunde* | *Les trois amis*
La evolución musical
María María: un cuento de un huracán | [María María: A Story of a Storm]() | *Maria Maria: un histoire d'un orage*
Debido a la tormenta / [Because of the Storm]()
La lucha de la vida / [The Fight of His Life]()
Secretos | *Secrets (French)* | [Secrets Undisclosed]() (English)
Como vuela la pelota

Cambios | Changements | Changes
De la oscuridad a la luz | From Darkness into Light |
Dal buio alla luce | De la obscurité à la lumière | Aus der Dunkelheit ins Licht
El pueblo | The Town | Le village

@JenniferDegenh1

@jendegenhardt9

@PuentesLanguage
World LanguageTeaching Stories (Facebook group)

Visit www.puenteslanguage.com to sign up to receive information on new releases and other events.

Check out all titles as ebooks with audio on www.digilangua.co.

ABOUT THE TRANSLATOR

Julie Young has been teaching German in Minnesota since 2005. She speaks near native German and has a deep understanding of German culture. Julie travels to German-speaking countries frequently with her students and is the International Exchange Coordinator at her school, allowing her to work with young people from many different backgrounds and cultures.

Julie is a frequent presenter at the Minnesota Council on the Teaching of Languages and Cultures (MCTLC). She will be presenting at the Central States Conference in Minneapolis in March of 2024. Julie is the author of the Comprehension-based readers *Er träumt von Amerika*, *Namika*, *Mit dem Wind in den Westen*, and *Ötzi, der Mann aus dem Eis*; numerous teachers guides; and translations and adaptations of many additional readers to German.

ABOUT THE EDITOR

Brigitte Kahn has been teaching all levels of German for over 15 years in the Massapequa School District on Long Island. She has a B.A. in German and French, and an M.Ed. from Stony Brook University. Brigitte is originally from Salzburg, Austria, and regularly takes her high school students on trips to her native country. Brigitte loves collaborating with dedicated authors who bring exciting and thought-provoking stories to life and in the hands of German learners everywhere. She also greatly enjoys traveling, skiing, and reading, reading, reading!

ABOUT THE COVER ARTIST

Treasa (Tessie) is a 12th grader and multimedia artist at The Hotchkiss School in Connecticut. She especially enjoys working in charcoal and oil pastel. When not in the studio, Tessie plays soccer, ice hockey, and track, and she is a co-head of the environmental action club at her school. She plans to continue her passion for studio art in college while studying Classics and Linguistics.

For commissions and other correspondence, you can reach out to Tessie via her email:
tessie.f.connell@gmail.com.

ABOUT THE INTERIOR ARTIST

Denise Miranda is a 16-year-old student as of 2024 of Ichabod Crane District. Ever since she was born, she knew that she would pursue the arts. Her art mediums include pencil, watercolor, and mainly, her iPad Pro. Along with art, she also dabbles in some writing as her dream is to someday become a writer and illustrator for young adult and adult novels. The majority of her art contains people but she has recently been practicing backgrounds and occasionally enjoys experimenting in fashion design. Pseudonym is Dens M. or Dens as a short version of her original name.

You can find more of her art on:

Twitter: @densm_art
Tumblr: @mydenstomyani
Insta: @denstomyani

www.ingramcontent.com/pod-product-compliance
Lightning Source LLC
Chambersburg PA
CBHW060347050426
42449CB00011B/2865